Editora Appris Ltda.
1.ª Edição – Copyright© 2024 da autora
Direitos de Edição Reservados à Editora Appris Ltda.

Nenhuma parte desta obra poderá ser utilizada indevidamente, sem estar de acordo com a Lei nº 9.610/98. Se incorreções forem encontradas, serão de exclusiva responsabilidade de seus organizadores. Foi realizado o Depósito Legal na Fundação Biblioteca Nacional, de acordo com as Leis nºs 10.994, de 14/12/2004, e 12.192, de 14/01/2010.

Catalogação na Fonte
Elaborado por: Dayanne Leal Souza
Bibliotecária CRB 9/2162

D934l
2024
	Dupin, Giselle
	   O louro de Lena / Giselle Dupin. – 1. ed. – Curitiba: Appris, 2024.
	   20 p. : il. color. ; 16 cm.
	
	   Ilustrado por: Alika.
	   ISBN 978-65-250-6085-9
	
	   1. Literatura infanto-juvenil. 2. Natureza. 3. Animais. 4. Liberdade
	   I. Dupin, Giselle. II. Título.
	
	                                                                CDD - 028.5

FICHA TÉCNICA

EDITORIAL Augusto Coelho
               Sara C. de Andrade Coelho
COMITÊ EDITORIAL Marli Caetano
                     Andréa Barbosa Gouveia – UFPR
                     Edmeire C. Pereira – UFPR
                     Iraneide da Silva – UFC
                     Jacques de Lima Ferreira – UP
SUPERVISOR DA PRODUÇÃO Renata Cristina Lopes Miccelli
ASSESSORIA EDITORIAL Miriam Gomes
REVISÃO Arildo Junior
             Nathalia Almeida
PRODUÇÃO EDITORIAL Bruna Holmen
PROJETO GRÁFICO Alika
REVISÃO DE PROVA Jibril Keddeh

Editora e Livraria Appris Ltda.
Av. Manoel Ribas, 2265 – Mercês
Curitiba/PR – CEP: 80810-002
Tel. (41) 3156 – 4731
www.editoraappris.com.br

Printed in Brazil
Impresso no Brasil

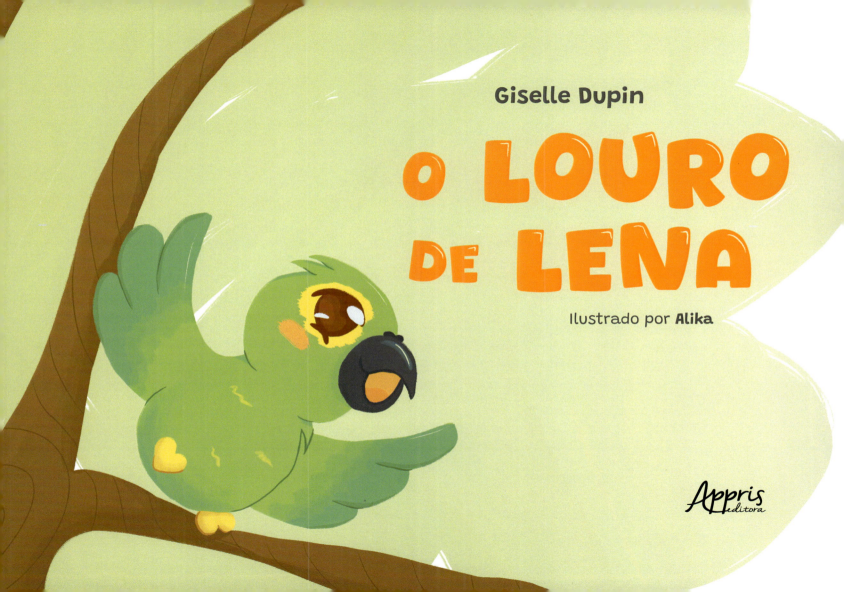

Um dia em que a vovó estava na casa de Lena, um homem chamou no portão. A vovó foi atender.
O homem estava vendendo um papagaio.

Quando ele mostrou o bichinho dentro de uma caixa de papelão, a vovó se lembrou que, quando ela era menina, havia muitos papagaios na fazenda do avô dela. Então, ela ficou com muita vontade de dar o papagaio de presente para Lena.

Lena ficou curiosa porque a vovó explicou que o papagaio podia aprender a falar.

Mas a mãe de Lena, quando percebeu que a vovó estava quase comprando o papagaio do vendedor, ficou um pouco brava.

Ela explicou que é proibido tirar da natureza os pássaros, como araras, tucanos, maritacas, corujas e outros, e o mesmo acontece com todos os animais que não estão acostumados a viver junto das pessoas, como macacos, tartarugas, jaguatiricas, tatus, lagartos, tamanduá, lobos e muitos outros, porque lá no mato eles vivem livres e o lugar deles não é na cidade.

Ela disse:

— Quando a gente compra um bichinho desses, está ajudando as pessoas que fazem esse tipo de coisa errada, que tiram da natureza e prendem um animalzinho.

Lena ficou triste porque estava com muita vontade de ficar com o papagaio e ver ele falando. O pai dela então prometeu que ia procurar uma loja com autorização para vender esse tipo de animal.

Assim, alguns dias depois, Lena ganhou um pequeno papagaio, de penas muito brilhantes. Ele tinha um jeito mais alegre e inteligente do que aquele papagaio que o moço mostrou no portão de casa, que parecia muito assustado dentro da caixa.

A vovó sugeriu:

— Vamos chamar o papagaio de Louro?

Lena gostou.

O bichinho ganhou um poleiro ao lado da porta da cozinha, de onde ele podia ouvir todas as conversas e barulhos da casa. Alguns dias depois, o Louro aprendeu a gritar:

— Lena! Lena!

Foi uma grande surpresa. Ele aprendeu o nome da menina porque era o mais falado da casa, mas a vovó também ajudou com umas aulinhas...

Com o tempo, o Louro foi aprendendo outras palavras e sons.
O pai da Lena ensinou ele a gritar o nome do time de futebol.
E o Louro aprendeu até a imitar o latido do cachorro do vizinho!

Um dia, quando Lena chegou da escola, estava a maior confusão no quintal da casa dela. O Louro tinha voado até o alto do abacateiro. A única pessoa que conseguiu subir na árvore para buscar o papagaio foi uma vizinha. Ela até levou uma bicada na mão, mas conseguiu trazê-lo de volta.

Depois disso, a vizinha explicou para a mãe de Lena que antes o Louro não conseguia voar porque tinham cortado um pedaço da asa dele. Mas agora as penas estavam crescendo. Ela recomendou:

— Para que ele não voe e fuja de novo, é preciso cortar mais uma vez a asa do Louro.

Acontece que a mãe de Lena não tinha coragem de cortar a asa do papagaio.
Ela pensava:
— As aves foram feitas para voar livres no céu

Alguns dias depois, o Louro fugiu de novo. Quando perceberam isso, já estava de noite e não dava para ver se ele estava nas árvores do quintal

No dia seguinte, pela manhã, toda a família de Lena junto com a família da vizinha saíram pelo bairro, olhando nas árvores e perguntando às pessoas se tinham visto o Louro. Mas ninguém sabia onde ele estava.

Lena ficou triste, então a mãe dela disse:

— Vamos torcer para ele ter voado bem alto e ter conseguido sair da cidade e voltado para o mato. Lá na natureza ele vai encontrar outros papagaios e vai poder voar sempre livre!

Lena ficou com saudades do Louro, mas a vovó disse:
— Imagine que lá na mata ele deve estar voando e chamando: Lena! Lena!

Giselle Dupin

Graduada em Comunicação/Jornalismo (UFMG), especializada em Relações Internacionais (PUC-MG) e Gestão Cultural (Paris Dauphine). É servidora do Ministério da Cultura desde 2006, onde trabalha principalmente com o tema da diversidade cultural. É autora do livro infanto-juvenil Amigos Diferentes, publicado pela editora Outubro em 2019.

Alika

Apaixonada por cores e coisas fofas, é formada em Design Digital e desenha desde sempre. Acredita que há magia em todos os pedacinhos e cantinhos do mundo, e que criar um universo lúdico e colorido nos ajuda a sempre acreditar nela. Nas horas vagas, gosta de ler, cuidar do jardim e jogar videogame.